AF298173

POËME

SVR

L'EMBRASEMENT

ARRIVÉ A GENEVE

sur le Pont du Rhosne,

Dés la nuit du lundy 17. jusques au jour du mardy 18. Janvier 1670.

Par

ABRAHAM BONNET

Maistre Potier d'estain,

Avec deux Figures; l'une representant le Pont & les quartiers voisins, tels qu'ils estoyent avant l'Embrasement, & l'autre comme il estoit Embrasé.

A GENEVE,

vendent chez l'Autheur.

AVX
LECTEVRS
CHARITABLES.

ESSIEVRS,

Ce petit Livre auroit veu le jour il y a
long-temps, si j'auois eu l'intention, en le com-
posant, de le faire imprimer, & si j'auois creu
qu'il en valut la peine. Il sort en fin de la pres-
se, parce que quelques-uns de mes Amis, &

EPITRE

particulierement ceux qui ont souffert dans l'Incédie que je dèplore, lesquel ayans entédu dernieremét reciter mes vers, ont voulu qu'on les mit en lumiere. I'ay toûjours consideré Geneve comme un lieu où Dieu a mis son chandelier, & comme l'azyle de plusieurs fideles; je m'y suis retiré il y a prés de vingt-ans, je m'y suis marié, & Dieu m'y a donné dix enfans; l'habitude de mon sejour augmente continuellement mon zele pour cette Cité libre & Evangelique. Ie puis protester que je m'interesse autant pour elle, que ses plus anciens habitans & citoyens; sa prosperité & son adversité me touchent tres sensiblement. Si d'un côté j'admire avec joye la divine providence qui la conserve, de l'autre je suis affligé des maux qui l'affligent. L'embrasement du plus beau de ses ponts sur le Rhône demeurera toute ma vie dans mon cœur. Ayant demeuré au quartier perdu par l'embrasement, l'espace de quatre-ans & demi, où j'ay travaillé de ma profession de potier d'estain, & ayans lié amitié avec les habitans de ce lieu dèsolé, lesquels j'ay reconnu tres affectionnez à la patrie, & vivans dans une belle union: je n'ay pas peu m'empécher de témoigner mon regret sur la perte si prompte de tant de per-

sonnes

sonnes qui m'honoroyent de leur amitié, j'ay
fay ce petit Poëme à leur sujet, pour être en
pleur avec ceux qui sont en pleurs. Vous trou-
verez beaucoup de défaut en la poësie, les re-
gles n'y sont pas bien observées, comme si l'ouvrage partoit de la main d'un sçavant autheur;
mais puis que ie parle à des ames charitables,
je m'asseure que leur charité supportera mes
défauts, la charité supporte tout & endure tout.
On excusera facilement un homme sans étude,
qui ne sçait autre langue que celle que sa mere
luy a enseignée, & qu'il a commancé de parler
au lieu de sa naissance. On me dira que ces
pauvres Incendiez n'ont pas eu le temps de
parler comme je les represente, neantmoins on
ne peut pas nier qu'ils parlent vray-semblable-
ment. Dés l'autre pont voisin on en a veu plusieurs levans les mains vers le Ciel, les autres
à genoux; on a apperçeu des femmes ayans le
feu à leurs juppes qui crioyent au secours, re-
commandans leurs ames à Dieu; en fin il faut
confesser que ces brûlez sont morts tres Chrê-
tiennement. Si ceux qui sont échappez du
grand danger, avoüent eux-mêmes qu'il n'a-
voyent jamais prié Dieu avec tant de zele &
d'ardeur, qu'alors qu'ils se voyoyent environnez du feu; il faut presumer que ceux qui sont
morts n'en ont pas fait moins, pendant qu'ils

* 3

cer-

cerchoyët les lieux où le feu n'êtoit pas encore, ils ont eu le temps à se bien preparer à la mort. S'il y en a eu qui ayent êté surpris en leurs licts en dormant sans pouvoir parler, il ne faut pas douter qu'ils n'ayent bien recommandé à Dieu leurs ames en se couchant, ayans appris que le Seigneur doit venir comme le larron en la nuict, & qu'il n'y a personne qui puisse connoistre l'heure de sa mort; Il faut donc croire que Dieu leur a fait misericorde. Quant à ceux qui se sont sauvez de cet horrible embrasement, il leur à êté bien fâcheux de se voir reduits dans l'êtat où ils sont à present, ils se sont veus comme s'ils venoyent de naistre, plusieurs n'ont rien sauvé de leurs maisons sinon leur vie avec grande peine; je les ay veu distinctement, êtant leur proche voisin, & j'ay veu aussi des petis enfans tout en chemise qui n'auroyent sçeu nommer le nom de pere & de mere, que l'on sauvoit de main en main; Cependant l'hyver êtoit tres rigoureux, car depuis l'année 1614. le Rhône n'avoit pas êté glacé, comme il fust alors, le froid fist mourir une tres grande quantité d'arbres sur le pied. AMES CHARITABLES qui avez assisté, reçeu, logé, & vêtu ces pauvres affligez, ne doutez pas que Dieu ne reçoive vos aumônes & vos sacrifices,

ces , comme ceux de Corneille le Centenier; qui-
conque aura donné un verre d'eau froide au
nom de Christ, il ne perdra point son salaire,
ainsi que le Sauueur le dit luy même. Nous
voyons tous les jours que les familles honorables & charitables prosperent , comme ils se-
ment largement , ils moissonnent largement;
Dieu benit leur negoce, il benit leur entrée &
leur issuë, plus leur charité s'augmente, plus
Dieu leur donné du bien : on n'a jamais veu aucune maison qui soit tombée en pauvreté pour
avoir êté charitable envers les pauvres , Dieu
nous recommandant d'en avoir soin, il fournit
suffisamment pour leur aider. Si un Roy ou un
Prince auoit donné un mandement à quel-
qu'un de ses trésoriers pour payer une somme,
d'argent en son nom, & que le trésorier refusat
d'executer l'ordre qu'on luy a baillé, le Seigneur
ne conceuroit-il pas de l'indignation, & n'ôte-
roit-il pas toute administration au serviteur
desobeïssant, pour la donner à un autre. Dieu
traittera les hommes sans charité, comme celuy
à qui l'ame fût redemandée en la même nuict
en laquelle il commençoit a cercher son repos:
puis que Dieu nous met entre les mains tout ce
que nous possedons en ce monde, il nous a laissé les pauvres devant nos yeux que nous au-
rons

rons toûjours avec nous; Il y a eu des ames charitables hors de la Ville, qui ont témoigné pu-
bliquement leur charité, & d'autres qui n'ont
pas voulu être nommez, se souvenans de ce que
dit Iesus-Christ, que ta main droite ne sache
ce que fait la gauche , Dieu ne manquera pas
d'approuver & de benir la charité des uns &
des autres. Au reste MESSIEVRS, qui avez
eu soin des pauvres affligez & désolez, ou qui
l'amentez leur misere, je prie Dieu de tout mon
cœur , qu'il preserve d'un semblable mal-
heur vôtre païs, vos maisons & vos personnes,
& qu'il augmente vos biens de plus en plus, &
qui aprés vous avoir accordé icy bas les biens
temporels, il vous donne ses biens eternels là
haut au Ciel. Amen. Ce sont les vœux,

MESSIEVRS,

De vôtre tres-humble & tres-obeïssant,
serviteur, ABRAHAM BONNET Potier
d'estain, natif de la ville de Metz.

POEME

Figure des Ponts du Rhosne tels qu'on les voyoit du costé du Lac auant l'embrasement.
A La Cité
B La Monnoye
C Tout le Cartier bruslé
D Tour de l'Isle
E Second pont
F St Geruais
G le Rhosne
H Reseruoir a Truittes
I Cemetiere de Plainpalais
K Tirage de l'arquebuse
L Riuiere d'arue
J.L. Durant Sculps.

Les funestes flammes du plus considerable des Ponts du
16 Rhosne à Geneve 70

POËME
SVR
L'INCENDIE

Arrivé à Geneve, sur le Pont
du Rhofne, du Lundy au Mardy
17 & 18 Janvier 1670.

DANS le monde il n'eft rien
qui ne foit inconftant,
Mal-heureux eft celuy qui aù
monde s'attent,
Qui fonde fon efpoir aux cho-
fes periffables,
Qui font le plus fouvent vaines & decevables.
Tel homme eft aujourd'huy dans la profpe-
rité,
Qui demain fe verra dans la neceffité,
Les richeffes ne font qu'un oifeau de paffage.
Qui s'en vole & s'en va, felon que dit le Sage.
Vn fafcheux accident emporte tout le bien,

A   D'une

D'une riche maiſon & ne luy laiſſe rien;
Les inondations & les grands incendies,
Les mal-heureux procés , les longues ma-
　ladies ,
Les tempeſtes de Mars. , cauſes de pluſieurs
　maux
Envoyent au grand galop mourir aux hoſ-
　pitaux.
Ce n'eſt que vanité de ce qui eſt au monde ,
Tout eſt auſſi mouvant que le ſablon de l'onde,
L'homme ſage doit donc poſſeder tout ſon
　bien ,
Tout ainſi que celuy qui ne poſſede rien.
Puis que le monde paſſe & toute ſa figure,
Nous n'emporterons rien dedans la ſepulture;
Ainſi que l'homme vient en ce monde tout nû,
Il s'en retournera tout comme il eſt venu.
Vn certain * Conquerant avoit pour ſa de-
　viſe,
Qu'il n'emporteroit rien qu'une pauvre che-
　miſe:
Quand un riche mondain ſeroit pouſſé d'or-
　gueil,
D'avoir un magnifique & ſuperbe cerçueil:
Qu'Artemiſe viendroit encor prendre la peine,
De luy faire un tombeau d'un riche Cal-
　cedoyne.
Et qu'il ſeroit pouſſé par ſon ambition,
De preſerver ſon corps de putrefaction;
A force de ſenteurs le rendre incorruptible,
Ce n'eſt que pour un temps , puis qu'il eſt
　impoſſible;

* Sala-
din.

De

De pouvoir empeſcher ce que le Createur,
Dit au premier Adam devenu transgreſſeur,
Tu és ſorti de rien, & formé de pouſſiere,
Tu t'en retourneras en la meſme matiere;
Puis que tu és décheu de ton integrité,
La mort te deſtruira, & ta poſterité.
Ce n'eſt rien que de l'homme & de ſa courte
    vie,
Au plus beau de ſes jours elle luy eſt ravie.
La mort fait tout ainſi comme au pré le fau-
    cheur,
Qui en coûpant le foin, coupe la belle fleur.
Les tombeaux ſont creuſez autant pour la
    jeuneſſe,
Qu'ils ſont rendus boſſus par la blanche vieil-
    leſſe;
Celui qui croit qu'il eſt bien robuſte & bien
    ſain,
Porte le plus ſouvent la mort dedans le ſein.

TESMOIN ces pauvres gens qui ſont
    dans ma memoire,
Dont j'eſcris maintenant la deplorable hi-
    ſtoire;
Qui ſe portoyent fort bien le jour auxpara-
    vant,
C'eſt horrible mal-heur qui vint le jour ſui-
    vant;
Ils ſçavoyent que la mort leur eſtoit bien
    certaine,

                    Mais

Mais ils ne sçavoyent pas sa venuë incertaine,
Las ! ils ne sçavoyent pas que leur délogement
De ce terrestre lieu, seroit si promptement.
Du lundy au mardy dix-sept, dix huitiéme
Du premier mois de l'an, seize cent-septen-
    tiéme ;
Au milieu de la nuict le pont fust enflammé ;
Car le feu par dessous s'estoit fort allumé,
Tout ainsi qu'un brusleau qui est tout com-
    bustible,
Fist un embrasement si grand & si horrible,
Que je ne pense pas que dessous le soleil,
Aucun homme vivant aye veu son pareil.
Le nombre des brûlez par ces horribles
    flammes
Est de cent vint & deux hommes, enfans &
    femmes ;
Ie ne denombre pas ceux qui tombans de haut,
Se sauverent blessez par le perilleux saut,
Qu'ils ont esté contraints de faire en la ri-
    viere,
N'ayants pour se sauver point de porte der-
    riere ;
Ne pouvans s'eschapper du feu aucunement,
Qu'en se precipitans dans un autre element ;
Et de plus la saison estoit beaucoup fas-
    cheuse,
Pour se jetter dans l'eau si froide & rigoureuse ;
Car l'on n'avoit pas veu dés le siecle passé,
Ce fleuve violent si promptement glacé.
Ainsi qu'il arriva le vendredy en suitte,
Le jour troisiéme aprés l'incendie sus ditte.
Où

Où feroit l'inhumain voyan ces grands mal-
    heurs,
Qui ne foit amolli & qui ne fonde en pleurs,
D'entendre tant de cris du milieu de ces flâmes.
Ie pleure en premier lieu quatre innocentes *   * *Les 4.*
    ames: *Enfans*
Si leur corps font bruflés par cét embrafement   *d'Abra-*
Leurs efprit font au Ciel exempts de tout tour- *ham*
    ment,   *Moudry.*
A l'abry de tous maux dás vn repos tres calme,
Ils moiffonnent heureux, le laurier & la palme;
Pere, Mere, & Parens n'en foyez defolez
Vos enfans font vers Dieu où ils font confo-
    lez,
Ie fçay que me direz qu'il vous eft trop fenfible
De les mettre en oubli il vous eft impoffible,
Et que vos triftes cœurs en porteront le dueil,
Iufqu'à ce que ferez couchez dans le cercueil;
Las ! vous n'eftes pas feuls, il y en a bien
    d'autres,
Mais les mal - heurs d'autry ne gueriffent les
    vôtres.
L'on a veu des maifons perir entierement,
Sans qu'il foit échappé un' ame feulement ;
Dans ce brafier ardent fi prompt & fi funefte,
L'impitoyable mort à joüé de fon refte ;
Il y en eut beaucoup qui finiffans leurs jours,
Ont donné gloire à Dieu par de tres beaux
    difcours.
Dans un logis bruflant, ainfi qu'une chandelle,
Vne * femme tenoit fix enfans aupres d'elle,   *La fem-*
Leur difant , chers enfans , puis qu'il nous   *me de*
                                                faut *Iaques*

A 3

. faut mourir,

Que nul homme vivant ne nous peut se-
    courir,

Iettons noftre ancre au ciel où gift noftre
    efperance

Ayons en noftre Dieu une ferme fiance.

Invoquons fa bonté, luy crians tous merci,

Difons, fi tu le veux, nous le voulons auffi :

Et n'apprehendons pas un fi mauvais paffage

Pour aller poffeder le celefte heritage ;

S'addreffant au plus jeune elle luy parle ainfi,

Helas ! mon cher enfant l'objet de mon
    fouci,

Moy qui avois pour toy une telle tendreffe

Que j'apprehendois tant, qu'une efpingle te
    bleffe ;

Lors que je t'entendois pleurer amerement

A ton petit berçeau je courois promptement;

Afin de t'appaifer, & pour te faire taire,

Ie donnois la liqueur qui t'eftoit neceffaire;

A prefent il te faut mourir avec moy,

En l'embraffant luy dit, mon enfant, baife
    moy,

Pour la derniere fois j'efpan fur toy mes lar-
    mes,

Avant que de paffer par ces cruelles flammes;

Les voilà prés de nous prefques à demi pas

Eternel mon Sauveur ne m'abandonne pas;

Voilà les beaux difcours de cette ame con-
    ftante,

Tenant entre fes bras cette petite plante :

Tous fes autres enfans ne la quitterent pas,

Avec

Avec leur bonne mere ils allerent au trespas;
I'ay veu tirer leurs corps du fonds de la ri-
   viere,
Tous grillez & roftis d'une eftrange maniere,
La Mere on reconnut fouftenant de fa main
Son petit nourriffon attaché fur fon fein.
C'eft enfant de fa part, la tenoit fort ferrée,
Dans ce piteux état elle fuft enfermée
Avec tous fes enfans dans un même cerceuil,
Les triftes fpectateurs avoyent là larme à
   l'œil,
En difans que jamais ne fuft chofe fembla-
   ble,
Si on ne l'avoit veu, on la tiendroit pour fa-
   ble.
Prés delà * fa coufine croyoit eftre au mo-
   ment,
Auquel Dieu luy donroit heureux accouche-
   ment;
Car le jour precedent elle fuft en la peine,
La matrone voyant fon efperance vaine;
Luy dit, mon cher enfant, le temps n'eft pas
   venu;
Le mal ne vous a pas encor fort detenu;
A demain au matin, toute chofe nouvelle,
Si vous eftes plus mal la nuit, que l'on m'ap-
   pelle.
Mais alors qu'arriva cet horrible mal-heur,
C'eft alors qu'augmentaft fa plus grande dou-
   leur;
Quand fon mari luy dit, helas ma chere fem-
   me;

*La fem-
me d'E-
ftienne
Baftard
en tra-
vail
d'enfant,
trois au-
tres de
fes en-
fans &
un ap-
prentif.

Nous voilà inveſtis & de feu & de flamme.
Prenons tous nos enfans, depéchons, ſauvons
    nous.
Sans tarder davantage ou bien c'eſt fait de
    nous,
Regarde la maiſon deſſous toute embrasée,
Et que dans peu de temps on verra écrasée:
Viença, mon pauvre cœur, monte ſur ce la-
    voir:
Ie vais paſſer delà pour te mieux recevoir:
Courage, avance toy, nullement ne t'eſtonne,
Ie prie le grand Dieu que la force il te donne,
Qu'il te conduiſe auſſi par ſa ſainte bonté,
Et que pour ton Salut tourne ſa volonté;
Qu'il vueille te donner heureuſe delivrance,
Fay ſeulement un pas, tu és en aſſeurance,
Le feu n'eſt pas icy comme il eſt prés de toy,
Ma tres chere moitié je te prie haſte toy:
La femme en tel eſtat n'eſtoit pas diligente,
Le fardeau de l'enfant qui la rendoit peſante,
Ne luy permettoit point de franchir un tel
    pas,
Ce qui par grand mal-heur luy cauſaſt le tré-
    pas,
Aux yeux de ſon mari elle tomba dans l'onde
Avec ſon pauvre enfant la moitié dans le
    monde.
Ie vous laiſſé, O Lecteur, à vous imaginer
Si un coup de couteau euſt peu faire ſaigner,
Son deſolé mari, voyant dans la riviere
Sa tres chere moitié,* qui dit en ſa priere,
A Dieu mon cher enfant que Dieu m'avoit
    donné,   Helas!

Helas ! tu vas mourir avant que tu sois né,
Te voila parvenu au bout de ta carriere,
Sans avoir cheminé en aucune maniere.
Mon corps qui dans son sein t'a tendrement
     porté ,
S'en va avecque toy estre precipité ;
Ce lieu où tu as eu neuf mois ta nourriture,
Sera il aujourd'huy lieu de ta sepulture.
Clotho n'a pas si tost empoigné ton fuseau,
Que sa sœur Atropos coupe de son ciseau,
Le filet de tes jours, & te jette dans l'onde,
Sans que tu sois pecheur, comme les gens du
     monde
Car tu n'es pas comme eux doublement cri-
     minel,
Tu as tiré d'Adam le mal originel ;
Iesus qui a voulu estre nostre victime,
T'a purgé par son sang de ce mal-heureux
     crime ;
Mourant sur une croix en parfait répondant ,
Tu t'en vas devant luy comparoistre innocent
Tu atteindras un jour la parfaite stature ,
De ce divin Sauveur comme dit l'écriture ;
Helas ! mon Dieu de moy il n'en est pas ainsi ,
Mes pechés actuels sont cause de ceci,
Ie m'en vay devant Dieu comme grand' pe-
     cheresse ,
I'ay peché, j'ay peché mon Dieu je le confesse,
Par le sang de ton Fils mes pechez sont lavez
Ceux qui t'invoqueront ceux-là seront sauvez,
Vous mes autres enfans qui estes dans les
     flammes ,

                                        Ie

Ie croy que devant Dieu sont à present vos
  ames,
Que vous estes desia, devant sa majesté,
Et que vous joüissez de la felicité.
Vos ames sont au ciel qui contéplent sa gloire,
Aprés vostre combat vous aurez la victoire.
A Dieu le seul objet de mes affections,
Dieu te donne, mon cœur, ses benedictions,
Mon desolé mary, le grand Dieu te console,
Saches qu'à mon Sauveur, ma pauvre ame
  s'envole,
Ie delaisse le monde avec sa vanité,
Ie m'en vay maintenant au lieu d'eternité,
Dans le sein d'Abraham ou ie seray rauie,
Finissant son propos elle finit sa vie.
Le lendemain matin l'on vid son pauvre corps
A deux cent pas de là, de l'eau presques de-
  hors,
Son visage restreint estoit tout en blessure,
Si iamais a souffert aucune creature,
C'a esté celle là dedans cet element,
Par la rigueur du froid & par le grand tour-
  ment
De son enfantement qui la pressoit sans cesse,
Quand l'on songe à cela, le poil du chef se
  dresse,
Ou il faudroit auoir le cœur bien endurci,
De voir en méme temps vne autre * femme
  aussi
Dans les mémes trauaux, & dans la méme
  peine,
Car son mari m'a dit pour chose tres certaine,
                                        Que

Que cette pauvre femme auoit tout apprefté   *&*
Ce qu'il faut à l'enfant à fa natiuité,   *deux au-*
Car le iour precedent elle euft certaine at-   *tres de*
    teinte,   *fes en-*
Qu'à fon neufviéme mois fouffre la femme   *fans.*
    enceinte;
Quelques moments devant ce funefte acci-
    dent,
Elle fentit fon mal beaucoup plus evident;
Elle fift appeller fa plus proche voifine,
Pour aller recercher la Dame * Catherine,   **La Ma-**
Afin d'aider bien toft à fon accouchement,   *trone.*
Mais il eftoit trop tard, car au méme mo-
    ment,
Ils entendent crier du fonds de l'incendie,
Nous fommes tous grillez, fi l'on n'y remedie.
Au feu & au fecours, mon Dieu tout eft perdu,
Ils n'eurent pas fi toft ces propos entendu ,
Qu'on les vid en vn coup environnez de
    flamme,
Lors le pauvre mari dit fauvons nous ma
    femme;
A moins que de perir dedans l'embrafement,
Elle luy répondit, mon cher amy, comment
Me pourrois je fauver d'vne prompte vitefse,
Dans l'incommodité que i'ay de ma grofsefse,
Crois tu que ie puifse eftre agile comme toy,
Pren l'vn de nos enfans, porte le fur le toiĉt,
Et viens diligemment cercher fon pauvre
    frere;
Ce faifant tu feras vray office de pere,
Ils te feront toufiours obligez doublement,
                  De

De les avoir tirez de ce fier element,
De leur avoir donné la seconde naissance,
Ils auront ie le croy de la reconnoissance.
Par l'escalier bruslant, il en fust détourné,
Iugez si ce pauvre homme alors fust étonné ;
Voyant de tous costez la Parque qui l'assiege,
Et que malaisement il peut fuïr son piege :
Neantmoins resolu par vn dernier effort,
Pour prolonger sa vie, il hazarde sa mort.
Il se voyoit desia tout couvert d'étincelles
A faute de trouver des cordes ou eschelles;
Il se precipita d'vn estage fort haut
Pour la crainte du feu, il fist au rhosne vn saut;
Et fallust qu'il fuït fort long-temps à la nage,
Avant que de trouver vn asseuré rivage.
Cependant Dieu voulut qu'il ne fust que blessé
Par vn tres habile homme il fust si bien pensé,
Avecques tant de soin, d'addresse, & diligence,
Qu'il fust en peu de iours en sa convalescence;
Il ne la pû payer que d'vn remerciment,
Pour lors il ne pouvoit le payer autrement;
Il ne sauva du feu argent ny chose aucune,
Qu'vn méchát caleçon qu'il avoit par fortune,
Avecque son pourpoint à la haste habillé,
Qui par certains endroits s'est trouvé tout
    grillé,
Mais sa chere moitié resta bien desolée,
On l'entendit crier d'vne certaine allée,
Disant à ses enfans il nous faut prier Dieu
Avant que de partir de ce terrestre lieu.
O Dieu! puis qu'il te plaist à present que ie
    meure,

                                    Et

Et que tu ne veux pas qu'icy bas ie demeure,
Ton tres fage confeil l'a ainfi ordonné,
Voicy les deux enfans lefquels tu m'as donné;
L'autre eft dedans mes flancs qui eft encor à
    naiftre,
O Dieu tu fçais qu'il eft, & ce qu'il devoit
    eftre,
Ie te remets mon Dieu ces deux petits hu-
    mains,
Reçoy leurs deux efprits en tes divines mains:
Et quant à moy mon Dieu en qui i'ay efpe-
    rance,
Fortifie mon cœur d'vne fainte conftance;
Pour fupporter l'efpreuve où il me faut paffer,
C'eft à toy mon Sauveur qu'il me faut addref-
    fer,
O mon Dieu!ie t'invoque au fonds de ma dé-
    treffe,
Aye pitié de moy, au befoin ne me laiffe,
Augmente moy la foy toûjours de plus en plus,
Le feu la fuffoquant elle ne parla plus.
Vn ieune * hóme attaché au lict par maladie,
En fe voyant furpris par ce rude incendie,
Avec fa chere femme & trois de leurs enfans,
Leur fervante fidelle avec quelques parens
Chafcun de nous, dit-il, fonde fa confcience,
Que nos cœurs foyent touchez par vive re-
    pentance;
Il nous faut tous mourir c'eft vn arreft du
    Ciel,
Las qu'vn chafcun de nous n'emporte point
    de fiel,

Si

Si nous voulons que Dieu nos pechez nous
     pardonne,

Il nous faut pardonner, ainſi qu'il nous l'or-
     donne ;

Ma tres chere moitié ſi ie t'ay offensé,

Et que mal a propos ie t'aye auſſi tansé,

I'eſtois colere & prompt, beaucoup ie le con-
     feſſe,

Ie te puis proteſter, ma tres chere maiſtreſſe,

Que ie t'ay eſtimé & tendrement cheri,

Helas! ie le ſçay bien mon fidele mari.

Les poignants aiguillons environnent la roſe,

Nos petits differents eſtöyent fort peu de
     choſe.

Nous avons nos deffauts, nos imperfections,

Qui nous rendent ſujets à milles paſſions.

Aux plus belles maiſons arrive la diſcorde,

Mais la douceur d'Hymen ces differents ac-
     corde ;

Nous n'avons jamais eu grande animoſité,

Car je ne faiſois rien contre ta volonté ;

Cela eſt vray, ma mie, & bien que jeune d'âge,

Tu conduiſois fort bien les enfans, le ménage;

Ie ferois ſans raiſon de me plaindre de toy,

Ma femme & mes enfans, qu'eſt-ce que i'ap-
     perçoy.

La Mort à nos coſtez qui de prés nous ta-
     lonne

Son ſablon eſt coulé, l'heure derniere ſonne,

Pour aller à celuy lequel nous dit, venez,

Les benits de mon Pere au rang des premiers
     nez,

Dont

Dont les noms sont écrits au grand livre de
  vie,
En dépit de la Mort, du diable, & de l'envie,
Ie voudrois mes enfans vous pouvoir soulager,
Ie peris avec vous par le méme danger ;
Pour vous plus que pour moy beaucoup plus
  i'apprehende,
Ie prie le grand Dieu qu'à ses Anges il mande,
De porter vos esprits au repos eternel,
Aux nopces de l'Agneau, au festin solennel.
Ie dois dire avec Iob (miroir de patience)
Quand Dieu m'écraseroit, i'ay en luy espe-
  rance.
Ie sçay qu'il est vivant, mes yeux contemple-
  ront,
Mon parfait Redempteur, que mes mains tou-
  cheront.
Oyons quelques propos tenus par vne *femme
Avant qu'à son Sauveur elle rendit son ame;
Parlant à deux enfans qui se fondoyent en
  pleurs,
Venez auprés de moy mes pauvres petis cœurs,
Que ie pleure avec vous, & puis que ie vous
  baise
Avant que de perir dedans cette fournaise;
Ie sçay pour le certain que Iesus a pleuré,
Sur le triste tombeau du Lazare enterré;
A cause qu'il l'aimoit, il espandit des larmes,
O qu'il nous a aimé! alors que pour nos ames;
Il a versé son sang en grande quantité,
Et enduré pour nous ce qu'avions merité.
La mort de Iesus Christ a eu tant d'efficace

*La fem-
me de
Iacob
Constan-
son, auec
deux en-
fans.

Qu'à chacun des croyans leur pechez elle ef-
    face ;
Ie puis dire pour vray qu'au partir de ce lieu,
Nos ames s'en iront entre les mains de Dieu.
Si nous pleurons le soir, le matin nous console,
Ainsi que nous le dit sa tres sainte Parole.
Ie vous dis, mes enfans, qu'ainsi de nous sera
Que demain au matin Dieu nous consolera.

Philippe Cochon auec cinq enfans.   Vn autre * homme goutteux ayant grande fa-
    mille.
Perit avec ses fils & sa fort ieune fille,
Leur mere se sauva miraculeusement,
Elle méme ne sçait quasi dire comment ;
Car se voyant du feu si vivement surprise ,
Elle s'en échappa toute nue en chemise ;
Ce n'estoit pas son heure, & Dieu ne vouloit
    pas ,
Que ceste nuict là fust la nuict de son trespas.
Nous sommes en seurté quand l'Eternel nous
    garde ,
Il ne faut pas cercher vne autre sauvegarde,
Son mari se voyant pressé de la façon ,
Fist à ses cinq enfans cette belle leçon ,
Allons, mes chers enfans puis que Dieu nous
    appelle,
A son commandement nul de nous soit re-
    belle ;
Autrement ce seroit faire nauffrage au port,
Vostre foy, dit-il, vive à l'heure de la mort.
Et ie vous donneray la couronne de vie,
Laquelle ne peut estre aucunement ravie ;
Prions, mes chers enfans, ce sage protecteur,

Qu'il

Qu'il foit noftre pilote, & fage conducteur,
Sa paftorale houlette à prefent nous confole,
Et que fon bon confeil nous ferve de bouffole,
Pour paffer tous les flots de ce monde agité,
Et arriver au port de l'immortalité.
Tant plus je vay avant plus il me faut écrire,
Ie pleureray toufiours * la femme qui foûpire ;
Aux travaux de l'enfant depuis le famedi,
Qui fait trembler le cœur à l'homme plus
    hardi.
O cœur bien refolu d'vne certaine femme,
Qui voyant fon mari * s'effrayant pour la
    flamme,
Luy dit, mon cher amy, tu changes de cou-
    leur,
Dis moy en bonne foy où eft ta grand valeur?
Toy mefme tu m'as dit qu'eftant dedans l'ar-
    mée,
Afin de t'acquerir vn peu de renommée ;
A monter à l'affaut tu eftois fort ardent,
Soubs l'incertain efpoir de gagner de l'argent.
Tu n'apprehendois point canons ny moufque-
    tades,
Combien que prés de toy tomboyent tes ca-
    marades,
Cela ne te donnoit aucunement terreur.
Quoy ? tu as maintenant plus de crainte &
    d'horreur
De voir à tes coftez tomber tes pauures freres,
Brufler tes cheres fœurs, bon amis & comperes,
N'auras tu pas autant de generofité,
Pour entrer dans le Ciel que dans vne cité,

B   Où

Où des fiers ennemis te faisoyent resistance,
Mais ceux qui ont en Dieu vne ferme asseu-
　rance
Ils entrent pour certain en sa sainte Sion,
Ouuerte par le prix de la redemption,
C'est là où est la paix la iustice & concorde,
Vueille ce grand Sauueur par sa misericorde,
Nous y placer aussi, afin que desormais,
Nous le puissions benir, & loüer à iamais.
Vn Pere fort ancien, * vne mere vne fille,
Qui estoit au travail fort adroite & gentille.
Considerans tous trois ce tres horrible fleau,
Disant , voicy pour nous vn tres fascheux
　tombeau:
Sommes nous parvenus à la fin de ce monde,
Qui doit souffrir par feu , comme le vieux par
　l'onde:
Nous reconnoissons donc que Dieu nous veut
　avoir ,
Et dans son paradis nos ames recevoir.
Il faut nous accorder à prendre grand courage
Car aujourd'huy finit nostre pelerinage.
Il nous faut hardiment la mort envisager,
Si elle vient à nous, c'est pour nous soulager,
Dautant qu'elle finit nostre grande misere,
Aussi bien tost ou tard ce chemin nous faut
　faire.
Tant plus nous differons à partir de ce lieu,
Nous offensons tant plus la Majesté de Dieu:
Prions le d'un bon cœur qu'en la troupe des
　Anges ,
Il vueille nous placer pour chanter ses loüan-
　ges.
　　　　　　　　　　　　　　　　　Reci-

Reciterai-je encor les travaux, les clameurs
De deux Dames d'honneur , & tres unies * * *Les*
   sœurs;   *deux*
Qui ont perdu leurs biens en ce même incen- *sœurs*
   die ,   *Durand.*
Mais leurs esprits au Ciel sont au faisçeau de
   vie ,
Helas ! elles estoyent sorti de la maison ,
Mais je ne sçay comment, & pour quelle rai-
   son
Elles vinrent dedans pour prendre quelque
   chose,
Mais quand il plaist à Dieu de nos cœurs il
   dispose ,
Il a par son conseil tous nos iours limité,
Il leur falloit mourir, c'estoit sa volonté.
Quand au danger de mort elles furent tom-
   bées.
Quelles estoyent au feu toutes deux destinées,
L'vne disoit à l'autre, hé bien! que dirons nous
Il nous faut maintenant prosterner à genous,
Et prier d'vn bon cœur la Majesté Divine;
Par Iesus dont le sang est nostre medecine.
Puis qu'il nous a lavé, & qu'il nous a blanchi,
Et de la mort seconde il nous a affranchi,
Laquelle du peché est l'infallible gage,
Pour la premiere mort, ce n'est rien qu'vn pas-
   sage,
D'vn lieu qui est rempli tout de calamité,
Nous allons posseder pleine felicité;
Et si pour le present le bon Dieu nous retire,
Ce seroit l'offenser que de luy contredire.

Il faut baiſer la main d’où vient le chaſtiment,
En prononçant ainſi leur dernier teſtament,
L’vne dit à ſa ſœur j’eſtouffe de fumée,
A Dieu dit l’autre auſſi, i’ay la bouche fermée.
Sous le même couvert vne * fille d’honneur
Rentre dans ſa maiſon, quoy que ſa chere
    ſœur,
Luy dit que le danger eſtoit trop grand pour
    elle,
Cela n’empêchaſt pas la force de ſon zele,
De retourner dedans ſa bruſlante maiſon ,
Pour aller à ſon Dieu faire ſon oraiſon:
Diſant , s’il faut perir je veux ſauver ma
    Bible,
Voulant encor ſortir , il luy fuſt impoſſible
De pouvoir eviter les fleches de la mort,
Elle dit c’eſt à Dieu que i’ay mon reconfort;
O Dieu puis qu’il te plaiſt de me reduire en
    cendre,
Vueille mon oraiſon & ma clameur entendre.
Et dautant que bien toſt me faut partir d’ici
Pardonne mes pechez par ta grande merci,
Regarde moy Seigneur, & me ſois ſecourable,
Fay moy ouïr la voix, qui fuſt ſi agreable
Au brigand converti, alors que tu luy dis,
Aujourd’huy tu ſeras dedans le Paradis:
Apres qu’elle euſt fini ſon oraiſon feruente
Et voyant prés de ſoy ſa fidele ſervante
Laquelle contemploit les frayeurs de la mort,
Elle luy dit m’amie, allons courant au port.
Maintenant noſtre Dieu qui eſt plein de cle-
    mence

Met

*Françoiſe Me-ſtrezat & ſa ſer-uante.

Met la fin à nos maux, & nos biens il com-
   mence,
Il s'en va essuyer de nos yeux toutes pleurs,
Dans vn petit de temps finiront nos douleurs;
Dautant qu'il changera toute noftre triftesse
En consolation, en paix, & en liesse;
De parler encor plus la flamme l'interdit,
En rendant son esprit, voilà ce qu'elle dit.
Ne parleray-je pas d'un fort bon personnage,*
Car ceux qui font restez luy rendent tesmoi-
   gnage,
Qu'il estoit ennemi de toute iniquité,
Et n'avoit sçeu commettre vn trait de laścheté
Dans son petit ménage il estoit fort paisible,
Son plus bel entretien estoit la sainte Bible,
Le monde il possedoit sans qu'il fust vn mon-
   dain,
Alors qu'il vid le feu prés de luy si soudain,
Il dit Seigneur mon Dieu, comment pourrai-
   je faire,
Pour sauver avec moy mes enfans & ma mere,
Helas! mes chers amis, cela ne se peut pas,
Voftre vie & la mienne est proche du trespas;
Mais puis que Dieu le veut sa volonté soit faite
En la terre icy bas, comme au ciel elle est faite;
Ainsi l'a enseigné le Sauveur Iesus Christ,
Son Apostre Saint Paul a laissé par êcrit
Que les maux de ce monde & toutes ses souf-
   frances
Ne contrepesent pas en aucunes balances
La gloire du tiers Ciel laquelle est à venir,
Elle commencera pour jamais ne finir.

B 3   Moïse

Note in margin: * Iean Grec *sa* belle me-re *&* deux de *ses en-fans.*

Moïſe nous apprend que dix ſiecles d'années,
Ne valent devant Dieu la moindre des jour-
  nées,
Rien au monde ne peut valoir l'eternité,
Plaiſe à noſtre Sauveur par ſa benignité,
Nous prendre par la main au ſortir de ce
  monde,
Afin de nous placer où toute grace abonde,
Ce bon homme en vn mot mourût Chreſtien-
  nement.
I'entends ailleurs le bruit d'vn grand gemiſſe-
  ment
D'vn deſolé garçon, d'vne niepce * qui crie
D'vne Tante allarmée, & chacun Dieu ſupplie;
Comme ces trois enfans qui eſtans au milieu
D'vn tres ardent fourneau, invoquoyent le vray
  Dieu.
Ma Tante dit alors fort ſaintement la fille,
Combien que nous voyons que noſtre maiſon
  grille;
A proprement parler nous n'allons pas perir,
Puis que Chriſt nous eſt gain à vivre & à
  mourir.
Il y a plus de gain en la mort qu'en la vie,
Qui eſt de mille maux inceſſamment ſuivie,
Nous allons recevoir le comble de bon heur,
Bien heureux ſont ceux là qui meurent au Sei-
  gneur;
Le Saint Eſprit le dit pour choſe tres certaine,
Qu'ils ſe repoſeront exempts de toute peine.
O Pere & Mere à Dieu, ie vay partir d'ici,
Si je vous ay faſché, je vous crie merci,

A mes

*Vn ieu-
ne gar-
çon de la
Ville de
Zurich,
Marie
Emeri,
& Iudith
Emeri ſa
niepce.

A mes freres & sœurs, ie dis auſſi de méme,
Celuy qui frappe eſt Dieu, par là ie voy qu'il
  m'aime.
Comme il eſt tout puiſſant en depit d'Atropos
Mon ame il logera dedans ſon ſaint repos;
Ie m'en vay contempler ſa face glorieuſe,
Avec les bienheureux ie ſeray bienheureuſe.
I'ay reconnu leurs corps tombez au méme en-
  droit,
Quel ſpectacle d'horreur ! quel cœur ne ſe
  fendroit !
En voyant vn ſeul bras, la moitié d'vne cuiſſe
Du corps incendié de ce ieune homme Suiſſe;
Il eſtoit d'vn Canton où ſont nos bons amis
Qui iouïſſent de paix malgré leurs ennemis,
Ie prie le bon Dieu qu'il conſole ſon Pere.
Fais entendre tes pleurs, Muſe, * ſur vne mere
Qui void ſes quatre enfans en deſolation
Taſchant de leur donner ſa conſolation :
Mes filles, nous voicy toutes cinq affligées,
Mais ſachez que bien toſt nous ſerons con-
  ſolées :
Et ie m'en vais vous faire vne comparaiſon,
Et vous iugerez bien que i'ay bonne raiſon.
C'eſt afin qu'à la mort tant mieux ie vous diſ-
  poſe,
Alors que nous avions acheté quelque choſe,
Payé de noſtre argent, nous l'avons emporté,
Et nous en avons fait noſtre proprieté.
Le ſang de Chriſt verſé pour le prix de nos
  ames
Eſt leur redemption des infernales flammes.

La Vefve Grillet & quatre de ses filles.

Elles font fiennes donc, ayant tant merité,
S'il en veut difpofer felon fa volonté;
C'eft à nous d'obeïr, quand il nous le com-
    mande,
La main qui fait la playe, eft la main qui la
    bande :
Ceux qui croyent en luy iamais ne périront,
Au partir d'icy bas nos ames logeront
Dans l'eternel fejour de fa beatitude,
Recevans de fes biens l'entiere plenitude.
Il en refte plufieurs dont je ne parle pas,
Qui s'en font tous allez de la vie au trefpas;
Car mon difcours feroit d'vne trop longue
    haleine,
Vn homme fort favant a defia pris la peine,
De coucher par êcrit comme tout s'eft pafsé,
Il a marqué les noms du mort & du bleffé;
Monftrons comme les gens qui font reftez au
    monde
Ont eftez garentis & du feu & de l'onde:

Iacques Emeri & un fien petit ne-veu àgé de deux ans.

L'vn de mes bons amys * s'efveillant en fur-
    faut ,
Cognoiffant que la mort luy donnoit vn af-
    faut ,
Prit fon petit neveu au lict de deux fervantes
Leur difant fauvez vous & foyez diligentes ;
Ces deux filles helas! voulurent fe véftir,
Le feu les engloutit, & n'en pûrent fortir.
Retournons à l'enfant lequel fon oncle em-
    porte.
Au haut d'vne maifon où il trouve vne porte
Ouverte fur le toit de fon proche voifin

Qui

Qui avoit là tout plein de poudre vn magazin,
L'oncle sachant cela, craignoit vn tel passage,
Et fort peu se manquast qu'il ne perdit cou-
    rage ;
Car il voyoit ce toit de tous costez fumant,
Et de l'autre costé tout estoit flamboyant:
Pourtant il y passa, mais ce ne fust sans peine,
La fumée l'avoit mis presque hors d'haleine,
Il marchoit à tastou, comme vn aveugle né,
Alors que de sa guide il est abandonné.
O mon Dieu, disoit-il, sois moy pere propice,
Preserve c'est enfant & moy de precipice ;
Eternel conduy moy & asseure mes pas,
Il disoit à l'enfant, je ne te quitte pas.
Cependant Dieu voulust qu'il vid une chan-
    delle
Au haut d'une maison, un bon ami l'appelle ;
Par qui sont le nepveu & l'oncle reconnus,
Las ils estoyent ensemble oncle & nepveu tout
    nuds.
L'heureuse delivrance qu'il l'a conte pour une,
Sans en attribuer la cause à la fortune;
Ce neveu est tres fort à son oncle obligé,
Maintenant & alors qu'il sera plus aagé ;
Puis que apres Dieu, son oncle est la cause se-
    conde
Que parmi les vivans il marche dans le
    monde.
Vn * garçon de six ans estant environné
De tous costez de feu, de tous abandonné ;
D'autant qu'il n'avoit pas en aucune maniere
La force d'eviter le feu & la riviere:

* Fran-
çois Ter-
roux.

Courant par une allée il cheut tout eſtendu
Et s'écriant Seigneur mon Dieu, je ſuis perdu;
Il ſe leva ſoudain , Dieu luy donna courage,
Il vid proche du feu certain petit paſſage
Par lequel s'il ſortoit il fuïroit le danger,
Ce qu'il executa, delà ſe vint ranger,
Où le feu n'eſtoit pas, en un lieu d'aſſeurance,
Là où des gens de bien , & de ſa connoiſſance
Le porterent au lict coucher bien chaude-
　　ment ,
A cauſe qu'il eſtoit privé d'habillement;
En paſſant par le bout de la ſus-ditte allée ,
La plante de ſes pieds luy fût toute bruſlée,
Cela luy a donné grande incommodité;
Mais il eſt à preſent en parfaite ſanté :
Il fût entre les mains des gens d'experience,
Leſquels ont de leur art tres belle con-
　　noiſſance ;
Il en fremit d'horreur quand il ſonge à cela,
C'eſt un effet du ciel, qu'il ne demeura-là:
Mais quand il ſera grand , il faudra qu'il ad-
　　uoüé,
Que ſi Dieu la gardé , c'eſt afin qu'il le loüe.
L'on n'entendoit que cri & que gemiſſement
Quand ceux qui ſe ſauvoyent, trouvoyent em-
　　pêchement.
Combien furent caſſez de bras , de pieds , de
　　cuiſſes,
On voyoit s'enfuïr pluſieurs meres nourrices
Qui ſauvoyent leurs enfans demi emmail-
　　lottez,
Les unes ſur leurs dos, d'autres à leurs coſtez.
　　　　　　　　　　　　　　D'au-

D'autres enfans plus grands suivoyent châcun
　leur mere,
Tandis que le mal-heur enveloppoit leur
　pere.
Helas si cette fuite eût esté en Esté,
Cela n'eust pas donné tant d'incommodité;
Quand l'Autan a fondu la neige des mon-
　tagnes,
Que tout est verdoyant par les belles cam-
　pagnes,
L'on se peut mieux passer d'habit & de mai-
　son
Que dans une cruelle & tres froide saison,
En laquelle ces gens sont chassez de leur giste,
En un mot c'est d'hyver l'épouvantable fuite ;
Tout fust à la merci, alors d'un double fleau
On craignoit un air froid , on fuyoit un air
　chaud ;
En foule on vid courir filles , enfans & fem-
　mes,
Qui se sauvoyent tout nuds pour eviter les
　flammes ;
Ils seroyent morts de froid & de necessité,
Sans quelques gens de bien qui les ont assisté
Et qui leur ont presté maison pour couver-
　ture,
Donné de leur habit & de la nourriture :
Messieurs nos Magistrats y prirent un grand
　soin,
Pour empêcher le feu qu'il ne passa plus loin.
Il y en eût d'entre eux prenans autant de
　peine ,

Que

Que les simples ouvriers qu'ils payent par
  semaine,
Iusques à s'exposer en un tres grand danger,
Neantmoins ces gens-là doivent se ménager.
Pour le bien general de leur chere patrie
Dieu les conserve tous dans une longue vie.
Par fois il vaudroit mieux risquer un regi-
  ment
Qu'un grand homme d'Estat & de comman-
  dement.
Messieurs nos bons Pasteurs promptement vi-
  siterent
Nos freres affligez, lesquels ils consolerent,
Ils n'épargnerent pas en cette aspre saison
Le baume de la voix, l'encens de l'oraison
Et rencontrans par tout une grande misere
Chacun d'eux exerceat l'office de bon pere ;
Ils verserent des pleurs sur tous les desolez,
  Qui par ces saints deuoirs furent tous con-
  solez.
Vn homme Ingenieux qui sert fort bien la
  ville
Lequel est en son art diligent & habile,
Fist voir en ce mal-heur sa grand capacité.
Pour empêcher le feu de gagner la cité,
Exposant en danger par plusieurs fois sa vie,
Son exemple donna à peu de gens envie
D'affronter le mal-heur comme il s'y hazar-
  dast,
Dedans ces grands perils, le bon Dieu le
  gardast :
Sans cesse il travailloit son corps infatigable
La

La peine qu'il souffrit est presques incroyable,
Il ne renvoye pas d'agir au l'endemain
A toute extremité, c'est un homme de main.
En la ruë * où estoit quantité de fourrage
Il en fist tout autant, & même d'avantage,
Et ce joly qartier qui estant menacé,
Du feu comme les ponts, n'estoit point ter-
  racé,
Fût aussi secouru des soins d'un personnage
Qui a beaucoup d'esprit, d'addresse, & de cou-
  rage,
Pour servir sa patrie avec fidelité,
Faisant tres vaillamment aussi de son costé:
Ie le dis sans flatter, car je l'ay veu moy-même
Charpentiers & massons firent aussi de même;
Ils s'y porterent tous tres courageusement,
L'on ne peut sans mentir en parler autrement.
Estrange changement ! triste metamorphose !
Iamais il ne s'est veu une semblable chose,
Que dans si peu de temps quantité de maisons,
S'en allent à neant fumantes en tisons ;
On a veu depuis peu des villes embrasées,
Où six mille maisons ont esté consumées,
Ceux qui en font recit ne nous êcrivent pas:
Que tant de pauvres gens ayent passé le pas:
Têmoin l'embrasement du bord de la Tha-
  mise,
Tres funeste à la ville, & à la grande Eglise:
Il n'y a pas long temps que ce triste accident
Mit Londres en terreur par un feu si ardent,
Et qui continuant deux semaines entieres,
Fist fondre les canons, les cloches & les pierres

D'une

* Rue des
Postillons
qui est
une partie
sur le
Rhosne.

D'une fort riche place, & d'autres baſtimens,
Eſtans de la cité les plus beaux ornemens ;
Et je ne ſçay combien perirent de paroiſſes,
On ne ſçauroit conter la perte des richeſſes,
Toutes fois peu de gens perirent en ce feu,
Comme je l'ay appris des perſonnes du lieu.
Pour nos incendiez perdans & biens & vie,
Leur ſort eſt plus faſcheux quoy que châcun
    en die,
Les femmes ont perdu leurs maris, tout ſuport'
Les maris veufs à peine ont evité la mort.
Les eſchappez du feu doivent gemir ſans ceſſe
On ne les peut pas croire étre exempts de tri-
    ſteſſe ;
Leur playe eſt fort avant , Dieu la veuille
    bander ,
Il faudra bien du temps pour la conſolider.
Vous qui avez perdu vos enfans & vos fem-
    mes ,
Dieu a mis en repos leurs immortelles ames ;
Vous qui avez perdu vos maris, vos enfans
Sachez qu'ils ſont au ciel où ils ſont triom-
    phans
Et de ce qu'eſperez ils ont la jouïſſance,
Ils ſont tous bien heureux, vous eſtes en ſouf-
    france ;
Mais Dieu comme mari des vefves ſe ſouvient,
A leurs neceſſitez & beſoins il ſubvient,
Il ne manque jamais d'eſtre Dieu ſecourable,
Il touchera le cœur à quelque charitable ;
Comme il a deſia fait à tant de ſaintes gens,
Leſquels ſe ſont monſtrez à donner diligens ;

Il

Il y a des marchands, des maisons honorables,
A qui plusieurs brûlez se trouvent redevables ;
Ayans eu prompt secours des liberales mains,
Dieu vous remboursera charitables humains.
Ne parleray-ie pas de cette Demoiselle,
Miroir de grand' vertu, & chaste tourterelle,
Puis que l'on sçait tres-bien que dans ce grand
    mal heur,
Perdant sa marchandise & maison de valeur,
Elle a donné pourtant somme considerable,
Semblable charité, n'est-elle pas loüable.
Fort peu de jours aprés la desolation,
L'on connût la bonté & grande affection,
De plusieurs gens de bien amis de ceste ville,
Qui font profession pure de l'Evangile,
Ie dis que ces gens-là, tant de prés que de
    loin,
Ont monstré qu'ils estoyent vrais amis au
    besoin
Envers ces affligez qui dedans cet esclandre,
Ont tout perdu leur bien, & n'on de quoy
    le rendre ;
Mais ce qu'ils ont donné ne sera pas perdu,
Charitables Messieurs il vous sera rendu
Par les mains de l'Autheur de vos biens &
    richesses,
Lors qu'il vous comblera de gloire & de
    liesses,
I'ay eu faim dira-il au jour du Iugement,
Et vous m'avez donné du pain suffisamment,
Vous m'avez en ma soif aussi donné à boire,
I'estois aussi souvent dedans vostre memoire,
Malade

Malade dans un lict, vous m'avez subvenu,
Et m'avez habillé lors que j'estois tout nu,
I'estois pauvre estranger en tres grande di-
    sette,
Lassé d'un long chemin sans aucune retraite,
Vous m'avez recueilli par hospitalité,
Quand j'estois en prison vous m'avez vi-
    sité,
Entant que l'avez fait à un mien pauvre frere,
Ie le reçois pour moy, & aussi pour mon
    Pere;
Venez, mes bien-aimez, dans l'immortalité,
Recevoir le loyer de vostre charité,
Avec les bien-heureux pour avoir l'avan-
    tage
De jouïr de mes biens & de mon heritage;
Charitables Amis, ainsi Dieu parlera
Lors que toute la terre devant luy passera.

LEs Estats finiront aussi bien que le monde,
Quand tout sera dissout, l'air, la terre,
    avec l'onde;
Mais tu és asseurée, ô belle charité,
Que tu subsisteras à toute éternité.
Tout ce grand Vnivers, passera comme un
    songe,
Le temps qui destruit tout, qui devore &
    qui ronge,
Saura bien renverser comme il a desia fait
Tout ce que les mortels ont construit & ont
    fait.

Où

Où est cette grand Tour, où l'on mit tant de
   briques
Dont la hauteur estoit de plus de cinq cens
   picques,
Qui avoit en rondeur plus de vingt mille pas,
Tout cela est perdu & l'on ne connoit pas
Le lieu où autresfois Babel estoit construite
Dés que Dieu confondit l'entreprise maudite,
L'orgueil des bastisseurs, qui estoit sans pareil
On vid fondre Babel comme cire au Soleil.
Où sont les Legions de la Gendarmerie
D'une Semiramis la Reine d'Assyrie,
Afin d'executer tous ses plus grands desseins
Elle avoit trente fois cent mille Fantassins.
Cinq cens mille chevaux pour sa Cavallerie
Cent mille chariots en lieu d'Artillerie
Elle avoit sur la Mer deux mille grands Vais-
   seaux:
Apres avoir livré batailles & assauts,
Par quarante-deux ans s'estre veu couronnée,
Par les mains de son fils elle est assassinée
Au milieu d'un Palais l'un de ses beaux se-
   jours
Tres malheureusement elle finit ses jours.
Où est presentement ce fameux Alexandre
Qui au Roy Darius fit tant de sang espandre,
La mort a triomfé de ce grand Conquerant,
Ainsi tous ses desseins n'ont esté que du vent:
Quant a tous ses amis qui avoyent ses Ar-
   mées
Ils sont esvanouïs ainsi que des fumées.
Où sont ces Caldèens la terreur des humains

C   Où

Où sont ces Empereurs, & Monarques Ro-
    mains,
Brutus le conducteur d'vne troupe mutine
Au milieu du Senat un Cesar assassine,
Qui pour leur payement n'ont eu pour leur
    tombeaux
Que le ventre des loups & celuy des Cor-
    beaux.
Où est un Baiazet ce grand foudre de guer-
    re
Qui fit en son vivant trembler toute la ter-
    re,
Les Chrestiens ont gemi sous ce monstre
    d'enfer;
Mais il s'est veu lié d'vne chaisne de fer
Detenu prisonnier dans une grande cage,
Il mourut de regret, de despit & de rage:
Et Tamberlan qui fut de ce Turc le vainqueur
En vn autre combat fut blessé dans le cœur.
Il reconnut enfin que la force guerriere
A ses succés douteux,& qu'elle est iournaliere.
Où sont ces Conquerans tous ces vaillans
    Guerriers,
Qui dans le champ de Mars moissonnoient
    des Lauriers
Qui n'aprehendoient pas les glaives ny les
    fléches
Qui couroient les premiers à des sanglantes
    bréches,
La Parque qui iamais ne dit i'en ay assez
Les a fait trébucher au rang des trespas-
    sez.

Où

Où est Capernaüm si haute & en eſtime,
N'eſt-elle pas tombée au profond de l'abyſme.
Où eſt cette Cité du chemin de trois iours,
Ninive n'a plus rien que quelques vieilles
    tours,
Qui ne font que des creux pour les beſtes ſau-
    vages
Où ſont de Babylon tant de beaux iardina-
    ges,
Où eſt ce monſtrueux Coloſſe & ſon au-
    theur
Qu'eſt devenu l'ouvrage avecque l'inventeur.
Où eſt le Mauſolée, & le Temple Delphi-
    que :
Où eſt pour le preſent Iupiter Olympique ;
Pyramides d'Egypte : où eſt ce grand Fanal,
Qui ſervoit aux vaiſſeaux de guide & de ſi-
    gnal.
L'on n'apperçoit plus rien de tous ces grands
    prodiges,
Que des petits fragments de brique pour ve-
    ſtiges ;
N'ayant pas meſme vn point de l'ancienne
    beauté,
Leur place eſt vn deſert, & lieu inhabité.
Tant d'hommes aujourd'huy qui marchent ſur
    la terre,
Tant de braves ſoldats & tant de chefs de
    guerre,
D'icy à ſix vint ans, chacun d'eux s'en
    ira,
Et des mains de la mort pas vn n'eſchap-
    pera.

C 2   Dans

Durant vn ſiecle ſeul les Villes & Pro-
vinces,
Changeront pluſieurs fois de Seigneurs & de
Princes.
Le monde eſt vne mer qui va & qui re-
vient,
Vne lignée paſſe, & puis vne autre vient:
Tant de beaux baſtimens, tant de ſuperbes
Villes,
Tous ces riches Palais, des grands les domi-
ciles
Que l'on void paſſeront, comme les prece-
dens,
Par la longueur du temps, ou par des acci-
dens.
Les vents, les tourbillons, la foudre, le ton-
nerre
Gaſtent & perdent tout: vn tremblement de
terre
Depuis peu deſola * Raguſe la Cité,
Tout paſſa dans ce lieu par la calamité,
Les Temples, les maiſons, grand nombre de
perſonnes,
C'eſt fait de nous, Seigneur, quand l'alarme tu
donnes!
Ie fremis quãd ie penſe aux horribles malheurs
De l'an ſix cent dix huit ſur la ville de Pleurs,
Couverte d'vn rocher où mille creatures,
Cheurent en vn moment ſous des triſtes ma-
ſures:
Alors qu'il plaiſt à Dieu chaſtier les hu-
mains,

Nul ne peut eviter la force de ſes mains ;
Car il ſuprend le ſage en ſa grande fineſſe,
Tels rient le matin, qui le ſoir ont triſteſſe :
Par là on peut ſavoir que le monde n'eſt rien,
Il ne faut rechercher pour noſtre plus grand
    bien,
Que le regne de Dieu & ſa ſainte juſtice
Perſeverans en foy, en la haine du vice,
Iuſqu'à-ce que la mort ait reduit au tom-
    beau
Le jeune & le vieillard, le laid comme le
    beau :
Eſtans mangé des vers, on ne pourra con-
    noiſtre
Les os du ſerviteur avec ceux de ſon Maiſtre,
La raiſon de cela, c'eſt qu'ils ſeront égaux
Puis qu'ils ſeront coupez par vne meſme faux.
La Couronne des Roix, & la Pourpre des
    Princes
Font hommage à la mort avecque leurs Pro-
    vinces.
Voilà, mon cher Lecteur, comme tout paſ-
    ſera,
De ce grand Vnivers rien ne ſubſiſtera,
Tous les corps finiront dés l'un à l'autre Pole,
Mais à jamais vivra Ieſus & ſa Parole.

F I N.

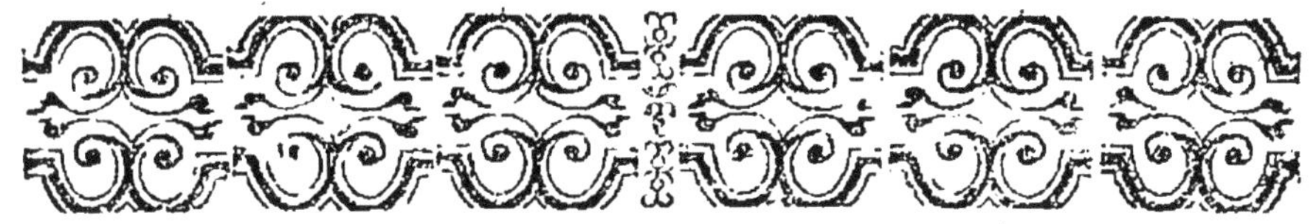

Quelque temps avant l'Incendie, des bouts rimez furent donnez par un Homme de condition à l'Autheur pour les reveſtir , lequel le lendemain fût atteint d'une pleureſie & fiévre continuë , & deux jours aprés ſa femme tomba malade, eſtant ſur le point d'accoucher.

SONNET

Le grand mal que je ſens me preſſe par ——— excés ,
Voila pourquoy, mon Dieu, t'invoquant je——ſoûpire ,
Afin que ta bonté ſoulage mon———————martyre,
Que tu tanſes ma fiévre, & chaſſes ſes ——accés.

Donne aux medicaments s'il te plaiſt bon——ſuccés,
Helas! ne me repren en l'ardeur de ton——ire ,
Delivre moy, Seigneur, des pieges du——Satyre,
Et pour tous mes pechez ne forme aucun——procés.

Ie ſçay

SONNET

Ie sçay qu'à mon prochain souvent j'ay fait--injure,
Et même contre Dieu je me trouve ——parjure,
Sa colere sur moy s'allume ——— extrémement.

O Dieu voy des enfans qui sont dans la——basseße ,
Voy l'incommodité de leur mere en——großeße,
Ren le pere aux enfans, leur mere à son——amant.